# GALOCHE

## SAUVE QUI PIQUE !

Catalogage avant publication de Bibliothèque et Archives nationales du Québec et Bibliothèque et Archives Canada

Brochu, Yvon

   Galoche sauve qui pique!

   (Galoche; 8)
   Pour les jeunes de 8 à 12 ans.

   ISBN  978-2-89591-061-9

   I. Lemelin, David.  II. Titre.  III. Collection: Brochu, Yvon. Galoche; 8.

PS8553.R6G343 2008        jC843'.54        C2008-940645-1
PS9553.R6G343 2008


Tous droits réservés
Dépôts légaux: 3e trimestre 2008
Bibliothèque nationale du Québec
Bibliothèque nationale du Canada
ISBN 978-2-89591-061-9

© 2008 Les éditions FouLire inc.
4339, rue des Bécassines
Québec (Québec)  G1G 1V5
CANADA
Téléphone: (418) 628-4029
Sans frais depuis l'Amérique du Nord: 1 877 628-4029
Télécopie: (418) 628-4801
info@foulire.com

Les éditions FouLire reconnaissent l'aide financière du gouvernement du Canada par l'entremise du Programme d'aide au développement de l'industrie de l'édition (PADIÉ) pour leurs activités d'édition. Elles remercient la Société de développement des entreprises culturelles du Québec (SODEC) pour son aide à l'édition et à la promotion.

Gouvernement du Québec – Programme de crédit d'impôt pour l'édition de livres – gestion SODEC.

Les éditions FouLire remercient également le Conseil des Arts du Canada de l'aide accordée à leur programme de publication.

   BIO GAZ
100%

Imprimé avec de l'encre végétale sur du papier Rolland Enviro 100, contenant 100% de fibres recyclées postconsommation, certifié Éco-Logo, procédé sans chlore et fabriqué à partir d'énergie biogaz.

IMPRIMÉ AU CANADA/PRINTED IN CANADA

# SAUVE QUI PIQUE !

## YVON BROCHU

Illustrations
David Lemelin

Moi, Galoche,
je n'ai pas de problème
avec le vétérinaire…
Il est à ma race ce que nous,
les chiens, sommes aux humains :
un fidèle ami !

Mais gare aux intentions
des humains qui nous y amènent…
Parfois, elles ont de quoi nous faire regretter
d'être leur fidèle compagnon,
foi de Galoche !

# La Famille Meloche

ÉLOÏSE
LA GRANDE
DIVA

MARILOU
LA TRISTE
SOUS-MINISTRE

FABIEN
UN BIEN
BON GARS

SÉBASTIEN
MONSIEUR-
JE-SAIS-TOUT

MOI
GALOCHE
SUPERCABOCHE

ÉMILIE
MA DOUCE

# UN MUSEAU QUI PIQUE !

Au fil de mes aventures avec ma douce Émilie et de ma vie mouvementée au sein de sa famille, les Meloche, je suis devenu, moi, Galoche, un véritable spécialiste du comportement humain. Je vais d'ailleurs en donner la preuve sur-le-champ.

– Toi qui me lis, sais-tu de quoi les humains sont le plus gourmands, tôt le matin ?

– De croissants ! réponds-tu.

– Non.

– De baguels !

– Non, non.

– De rôties ?

– Tu brûles…

– De café ?

– Tu brûles, tu brûles !

– Euh… euh…

– Ah, aaah ! Je te révèle mon secret avant que tu me fasses grincer des crocs en donnant ta langue au chat. Le matin, les humains dévorent plus que tout… LE JOURNAL ! Et je suis bien placé pour l'affirmer, foi de Galoche : depuis deux semaines, je suis camelot. À vrai dire, j'aide mon Émilie à passer les journaux. Beau temps… et mauvais temps, comme ce matin même !

– Atchoum ! Atchoum !

PLOUK !

Misère à poil ! Je viens d'échapper le journal que je tenais solidement entre mes crocs. Il est tombé dans une flaque d'eau à peine dégelée. D'un coup de gueule, rapidement, je le rattrape. W-ouf! Ma Douce n'a rien vu.

Puis, je fonce droit vers la maison devant moi. J'essaie de mémoriser les endroits où Émilie souhaite que j'aille déposer le journal sur le palier : comme par hasard, ce sont toujours des maisons avec un long parcours pour se rendre jusqu'à la porte, tel ce bungalow dont j'emprunte l'allée. Pratique pour un camelot d'avoir pour adjoint un quatre pattes...

Aïe! Je glisse sur le chemin glacé. Chacune de mes pattes semble vouloir partir vers un point cardinal différent. Fabien, le père d'Émilie, aimerait bien s'acheter un quatre par quatre... Mais moi, je n'en suis pas un, foi de Galoche! Je m'écrase durement la bedaine par terre. Aussitôt, dans la baie vitrée du salon de la maison, j'aperçois une autre bedaine, tout aussi poilue que la mienne : celle d'un gros humain en caleçon. Son ventre rebondit sans arrêt à force de rire de me voir ainsi affalé dans son allée.

« Ouache ! Quel ventre ! Du vrai Jell-O !... Et quel sans-cœur : bien au sec, il s'amuse à mes dépens, alors que moi, je me retrousse les poils pour sauver son journal de la baignade ! »

Fin canin que je suis, les yeux fixés sur ceux de cet ogre ventripotent et friand de nouvelles matinales, j'ouvre la gueule en laissant retomber le précieux journal de monsieur. D'un coup, sa gélatineuse bedaine se transforme en gallon de yogourt glacé et son sourire, lui, devient un glaçon. Il est paniqué. Sur ses lèvres, je peux deviner les deux mots désespérés qu'il répète :

– Mon journal !

Exactement la réaction que j'espérais! Autre preuve que je suis un vrai maître du comportement humain... Mais comme je suis un booon chien, je ne ferai pas durer le supplice! Je ne laisserai pas ce journal si loin du deux pattes qui l'attend impatiemment. Avant que l'ogre ne se transforme en bonhomme de neige, je reprends le journal d'un autre coup de gueule. Vif comme un lévrier, je vais le déposer sur le perron et file rejoindre ma Douce, le vent dans les oreilles.

– Atchoum! Atchoum!

Plus vite je cours porter un journal, plus vite je reviens marcher aux côtés de mon Émilie.

« Tu aimes beaucoup passer le journal, Galoche! » que tu penses.

– Vraiment, tes connaissances sur la psychologie canine sont bien piètres : quel chien, dis-moi, sain de corps et d'esprit, se réjouirait de passer un tas de mauvaises nouvelles sur papier, à une heure aussi matinale, par un pareil temps... d'humain ?

– Tu es fâché, Galoche ?

– Oui, oui... là, bravo, tu me comprends bien. Je ne suis pas de bonne humeur.

– Tu es fâché contre moi ?

– Non, non... là, tu es dans les patates ! Je suis de mauvaise humeur parce que j'en suis réduit à distribuer le journal pour passer un peu de temps avec ma Douce.

Eh oui ! Depuis qu'Émilie et notre jeune voisin, Pierre-Luc, sont devenus de grands amis, il m'est de plus en plus difficile d'être seul avec ma Douce. Ils sont ensemble le jour, le soir, les fins de semaine : deux griffes de la même patte, misère à poil ! Ils ne se quittent plus. Émilie et Pierre-Luc m'aiment toujours ; ce n'est pas le problème. Ils semblent me considérer comme la « petite » griffe de la patte, tu comprends ? Je suis bien avec eux, mais ils ne me voient plus. Ou encore, ils s'écartent souvent pour se dire des secrets. Ils me font sentir de trop. C'est vrai, j'ai souvent rêvé que ma Douce et Pierre-Luc se rapprochent... mais trop, c'est trop ! Je ne sais plus comment me comporter, foi de Galoche !

– Tiens, Galoche ! me lance ma Douce, dans la rue, en me tendant un autre journal et en laissant échapper de sa bouche de petites volutes blanches. Pour madame la coiffeuse, une nouvelle cliente pour toi !

– Atchoum ! Atchoum !

– Aaah ! fait Émilie avec un air de reproche. Je t'avais dit aussi de rester à la maison. Tu vas finir par tomber vraiment malade. Et là, il sera trop tard…

Sans la laisser s'inquiéter davantage pour ma santé, je saute et retombe sur mes quatre pattes avec le journal dans la gueule. Puis, je grimpe le talus et me rue vers la coquette maisonnette de madame la coiffeuse, m'amusant à penser : « Au moins, cette fois, je ne risque pas de voir apparaître une grosse bedaine molle toute poilue à la fenêtre… »

Je pose la dernière patte sur le perron et…

– Coucou !

Dans un réflexe de survie, je recule d'une patte… BOUM ! BOUM ! Je déboule deux marches sur les fesses, sans échapper le journal ! Assis au bas de l'escalier, horrifié, je garde les yeux sur cette monstrueuse tête d'extraterrestre qui vient de surgir dans l'entrebâillement de la porte à peine ouverte.

– Un *kiki*, mon tout p'tit?

Je cligne des yeux : une, deux, trois fois… Mais je ne vois toujours qu'une boule vert lime avec deux trous brillants sous un amas de boulettes rose bonbon.

– Pas peur, mon pitou : tantine s'est juste mis une crème de concombres pour ses vieilles rides et des bigoudis pour garder ses cheveux bouclés de jeune fille…

Je me change en chien de plâtre.

– Donne à tantine ! Donne !

Madame la coiffeuse ouvre un peu la porte, s'avance sur le perron, se penche vers moi et, tout doucement, prend son rouleau de mauvaises nouvelles dans ma gueule. Puis, de son autre main, tantine m'enfonce son énorme *kiki* dans la gorge. La grosse pomme verte aux boudins rose bonbon me sourit, à quelques centimètres de mon museau. Moi, Galoche, je ne bouge toujours pas d'un poil. J'observe tantine refermer la porte et, enfin, je referme ma gueule.

Quelques rapides *empattées* et glissades plus tard, le toupet de travers, je freine en catastrophe aux pieds de ma Douce.

– Tiens, dit-elle avec un sourire au coin des lèvres, tu as fait connaissance avec madame la coiffeuse, toi...

Moi, Galoche, je n'ai pas que le toupet de travers : j'ai un *kiki* de travers dans la gorge. Il est tellement gros qu'il y est resté coincé.

– Atchoum ! Atchoum !

Brusquement, le biscuit jaillit de ma gueule. W-ouf !

Pas facile, la vie de camelot, foi de Galoche !

– Atchoum ! Atchoum !

Oh non! Voilà que mon Émilie se met à éternuer, elle aussi. Pas surprenant, avec cette bruine et cette brise froide du petit matin. La mince couche de givre qui fait briller toitures, voitures, rues et pelouses a beau disparaître lentement sous la fine pluie, il n'en demeure pas moins que l'humidité s'infiltre jusque sous ma fourrure. Je suis trempé jusqu'aux os. Une vraie lavette! Je ne suis pourtant pas du genre mauviette. Ni Émilie!

Je l'admire, ma Douce. Elle a du caractère: elle se dépense de la sorte pour se payer un équipement neuf de hockey. Quelques jours avant qu'elle ne décide de passer le journal, j'ai entendu Fabien tenter vainement d'intervenir:

– Voyons, Marilou, on pourrait bien lui donner un peu d'argent. Émilie a toujours eu un équipement de second ordre…

– NON! s'est aussitôt opposée la mère d'Émilie, en fusil, comme à l'habitude.

Marilou est sous-ministre, un gros poste au gouvernement qui semble lui donner tous les droits, dont celui d'être presque toujours en colère à la maison. Elle a continué:

– Fabien, pas question de payer pour un autre caprice de notre fille!

– C'est pas un caprice: mes gants sont troués, mes jambières...

– Émilie, non! Toi, Fabien, tu ne lui donnes pas un sou. Compris?

Foi de Galoche, ce n'était pas la joie chez Fabien et mon Émilie, cette journée-là...

– Brrrr! fait Émilie, à mes côtés, me sortant de mes pensées.

Les mitaines de ma Douce sont toutes mouillées; elle souffle dans ses mains pour les réchauffer.

– Brrrr!

J'aimerais bien faire comme elle : j'ai plein de pépites de glace collées sous mes coussinets. Il n'y a pas que des avantages à avoir quatre pattes...

Tout dégoulinant sur le trottoir, je regarde mon Émilie grelotter et je me dis : « Il faut qu'elle aime beaucoup le hockey ! » Je m'approche d'elle et ouvre la gueule pour aller déposer un autre journal et diminuer encore un peu le poids de son énorme sac.

– Atchoum ! Atchoum !

– Le fantôme ! lance ma patronne, en pointant une sombre demeure, située tout au fond du terrain, derrière de drôles d'arbres rabougris.

« Le fantôme ? » Je frémis d'angoisse. À force de côtoyer les humains, ils m'ont transmis leur peur de tout et de rien... Guidé plus par mon orgueil canin que par ma bravoure, je ne laisse rien paraître. La queue et le museau bien hauts – enfin, disons plutôt tendus vers l'horizon que vers le ciel, ce qui n'est déjà pas si mal –, je m'acquitte de ma tâche avec professionnalisme, c'est-à-dire en gardant le cap sur la maison alors que je n'ai qu'une envie, celle de bifurquer pour aller me cacher.

« Qu'est-ce que c'est encore que ce fantôme ? »

Comme rien ne semble bouger à la fenêtre ni derrière la porte, je reprends du poil de la bête à mesure que j'approche de mon objectif. J'arrive enfin au bas des deux marches qui mènent au perron, sur la pointe des coussinets et prêt à fuir, aussi agile qu'un félin. « Un vrai fantôme ! » que je me dis pour rire et pour atténuer l'angoisse qui me tenaille.

Toujours aucun signe fantoma-tique...

Pour en finir avec mes appréhensions ridicules, je décide d'y aller le plus vite possible, tous poils dehors... PATOW !

Je bondis de peur. Le couvercle de l'immense boîte aux lettres vient de se fracasser sur le mur de la maison. J'en échappe mon journal. «Mais qui… qui… a bien pu ouvrir le couvercle?! Il n'y a pas un chat!»

PATOW! PATOW! PATOW! Le rabat, mû par une force mystérieuse, semble brusquement se prendre pour une tapette à mouches qui n'en finit plus de frapper. IVG! Improvise vite, Galoche!

Les oreilles en compote, moi, la lavette, je prends la poudre d'escampette, avec l'impression de ne pas être à la hauteur de ma réputation de grand improvisateur. Puis, le toupet en trompette, je freine de nouveau en catastrophe aux pieds de ma Douce, avec le sentiment d'avoir été suivi…

– Bouh! m'accueille une Émilie aux yeux moqueurs.

– Atchoum! Atchoum! Atchoum!

– Bon, c'est assez, mon beau! Tu rentres droit à la maison, sans rouspéter! ordonne ma Douce. Sinon, tu vas attraper ton coup de mort!

J'attrape mon coup de mort dès mon arrivée chez les Meloche, en tombant sur une créature encore pire qu'un fantôme: Marilou!

– D'où viens-tu, vieille sacoche, à cette heure-ci? grommelle-t-elle en se dirigeant vers sa voiture.

– Atchoum! Atchoum!

– Quel paresseux! lance Sébastien, le frère d'Émilie, en courant pour devancer la sous-ministre, qui s'apprête à le conduire à son école. Galoche, tu devrais avoir honte d'abandonner ta maîtresse qui passe les journaux courageusement...

Il ouvre la portière et ajoute:

– ...par ce temps de chien !

Monsieur-je-sais-tout s'engouffre aussitôt dans le véhicule. Dans l'allée, la sous-ministre se retourne et me crie :

– Hé, Galoche ! Pas question que tu salisses mes beaux planchers tout frais polis avec tes pattes boueuses. Passe par... AÏE !!!

Avant de dire « l'arrière », la voilà sur le derrière sur le sol glacé, les deux jambes en l'air.

– Ouche !

Sans attendre qu'elle puisse se relever et m'envoyer passer par l'arrière, je soulève mon derrière et fonce droit vers le portique... BOUM !

– Ouche !

Éloïse, qui sortait à son tour de la maison, se retrouve elle aussi sur le derrière.

Par-devant et par-derrière me parviennent alors des mots de colère : un enfer !

– Atchoum! Atchoum!

Sans se soucier de mon état lamentable, la grande diva d'Éloïse me déclame sa tirade de reproches à quelques centimètres seulement du museau tandis que Marilou profère des insultes à mon endroit depuis l'allée. J'ai soudain les oreilles en alerte...

« Est-ce bien des rires que j'entends à travers ces monstruosités ?... Le fantôme ?... Je deviens fou, foi de Galoche !... Normal, que je me dis, à force de vivre avec une telle famille ! »

Quelques instants plus tard, Monsieur-je-sais-tout ainsi que les deux grandes tragédiennes, dont l'orgueil et le coccyx ont été durement éprouvés, quittent enfin la maison dans la niche roulante familiale. Mes oreilles captent de nouveau des rires. Je me retourne et... quel réconfort ! Je vois surgir de la maison le gros-barbu-de-père d'Émilie, mon bon ami Fabien.

– Pauvre Galoche, ne m'en veux pas! s'excuse-t-il, riant maintenant à gorge et à barbe déployées. Mais... mais de voir les deux filles sur le derrière... piquant une sainte colère... et toi... avec ton air de chien battu... c'était drôle, foi de Fabien!

Mon air de chien battu prend sûrement l'allure d'un rottweiler battu car le fou rire du père d'Émilie s'étouffe. Pour un moment, du moins,...

– Remarque, c'est pas toujours parce que c'est drôle qu'on rit, nous, les humains..., marmonne-t-il, tout près d'éclater de nouveau.

Et tout ce que je trouve à *rejapper*, c'est:

– Atchoum! Atchoum!

Une série d'éternuements ponctuée d'une soudaine toux profonde me redonne cet air de chien battu dont a parlé Fabien. Ce dernier cesse de rire et

retrouve tous ses beaux sentiments à mon égard.

– Oh, oh, ça va vraiment pas bien, Galoche! On doit s'occuper de toi... et tout de suite!

Je monte l'escalier dans les bras du gros-et-gentil-barbu. Il me traite comme un bébé: il me sèche avec une grande serviette, il m'enroule dans une couverture et me dépose à mon endroit favori, au pied du lit de ma Douce.

– Bon, maintenant, je dois y aller! me dit Fabien, en me faisant une petite caresse sur le dessus de la tête.

Qu'il est fin, cet humain! Une perle dans une mer de requins, foi de Galoche!

«W-ouf! Quel matin!» que je songe, en fermant les yeux, encore ébranlé par cette dure expérience de camelot.

Je ne suis pas tout à fait assoupi que...

BANG!

La porte du vestibule claque sur le mur du salon.

«Ah! Émilie!» que je me rassure, reconnaissant bien sa manière d'entrer dans la maison. Immédiatement après, j'entends ses pas dans l'escalier. En fait, je devrais dire ses «bonds». Elle grimpe trois marches à la fois, tout le temps.

J'ai d'ailleurs failli me tuer à plus d'une reprise en essayant de l'imiter : un autre cas où posséder quatre pattes devient un problème !

Mon Émilie arrive en trombe dans la chambre, toute transie. Pourtant, avant même de changer son linge mouillé, elle vient d'abord s'occuper de moi, de ma santé et surtout de mon moral.

– Galoche, tu sais, pour le fantôme, tu dois pas t'en faire avec ça : c'est juste un vieux grincheux qui s'amuse à faire peur au monde en faisant claquer sa boîte aux lettres. Un vrai *patenteux* ! Un peu fou, mais pas dangereux.

Qu'elle est adorable, mon Émilie ! Elle a remarqué ma frousse, tantôt, et elle veut m'éviter de faire des cauche-mars...

– Ah là là ! fait-elle, inquiète, après m'avoir touché la truffe du bout des doigts. Mon beau, t'as le nez chaud. C'est pas normal. Tu fais peut-être de la fièvre. On va devoir s'occuper de toi sérieusement.

Je trouve qu'elle prend bien soin de moi, ma Douce. Je sens que je vais bientôt dormir, un peu fiévreux sans doute, mais tellement heureux.

– Ah non! 7 h 45! Je vais être en retard...

Émilie jette tout son linge mouillé sur le lit, saute dans une nouvelle salopette, revêt un blouson imperméable avec capuchon, prend son sac à dos et file vers le corridor.

Et moi, Galoche, au pied du lit, le museau bien enfoncé dans ma chaude couverture, je file le parfait bonheur.

– Oh!... s'écrie Émilie, en se retournant brusquement vers moi. Ne m'attends pas ce midi ni à 4 h: Pierre-Luc et moi, on a plein de choses à faire à l'école.

Et vlan! Mon bonheur vient d'en prendre pour son rhume, misère à... à... atchoum!

# UNE COLÈRE ÉPIQUE !

– Atchoum !

Assis dans la salle à dîner, je suis émerveillé par cette table superbement décorée – on se croirait à Noël, misère à poil ! Par contre, je suis un peu moins enchanté par les parents d'Émilie : ils en sont à leur ixième prise de bec depuis ce matin. Et cette fois, j'en suis la cause.

– Fabien, pas de discussion : GALOCHE… DANS LA CAVE !

– Voyons, minou, avec sa grippe…

– Je ne veux pas l'avoir dans les pattes ! J'ai travaillé assez fort pour que Sébastien et Éloïse soient invités ailleurs pour la soirée, pas question de rater mon coup. C'est un souper trop important !

Quelle belle soirée en perspective ! Et moi, Galoche, qui me suis mis sur mon trente-six poils, avec un foulard tout neuf acheté par Fabien... Je garde tout de même espoir d'être de la fête, car le père d'Émilie a plus d'un tour dans sa barbe pour amadouer sa femme. Je soulève l'oreille droite et écoute attentivement.

– Justement, Marilou..., fait Fabien de sa belle voix grave, Galoche peut te donner un bon coup de pouce.

– Galoche ?

– Oui, oui ! insiste le père d'Émilie.

– Galoche peut m'aider à obtenir le poste de sous-ministre au ministère des Transports ?

– Certainement !

Devant une aussi surprenante affirmation, Marilou et moi avons les yeux sortis des orbites. Deux gros ouaouarons !

Bon, d'accord, à travers les branches et les discussions melochiennes des dernières semaines, j'ai compris...

- *primo*, que la sous-ministre Marilou n'aime plus du tout travailler avec sa patronne, la ministre de la Culture ;
- *secundo*, que le père de notre jeune voisin, Pierre-Luc, a récemment été nommé ministre au ministère des Transports et qu'il n'a pas encore comblé son poste de sous-ministre ;
- *tertio*, que le fameux repas gastronomique de ce soir constitue le clou de la stratégie de Marilou pour convaincre le ministre de lui donner ce poste vacant de sous-ministre à son ministère...

Mais j'étais à cent mille poils de m'imaginer que je pouvais jouer un rôle quelconque pour aider la mère d'Émilie à réaliser son rêve, comme vient de l'affirmer Fabien, foi de Galoche ! Et que dire de Marilou qui, tout comme moi, fixe toujours son mari avec des yeux de ouaouaron!

– Voyons, Marilou, poursuit Fabien, ne sais-tu pas que Henri-Paul, le père de Pierre-Luc, entretient une passion pour les chiens, tout comme Pierre-Luc?

«Quel humain brillant!» que je me dis.

«Quel humain stupide!» semble plutôt penser la mère d'Émilie qui, après avoir pris quelques secondes pour encaisser ce dur coup, retrouve son aplomb et son regard de plomb.

– Je ne vois pas le rapport! Et puis, enchaîne aussitôt Marilou, l'œil soudain sous-ministériel et soupçonneux, si Henri-Paul aime autant les chiens que son fils, pourquoi n'a-t-il pas acheté un chien à Pierre-Luc? HEIN?

«C'est pourtant vrai...» que je m'inquiète.

De son côté, Fabien ne bronche pas d'un poil de barbe et répond tout de go:

– L'ex-femme de notre voisin était allergique aux chiens. Et, depuis le divorce, c'est madame Lessard qui s'occupe de l'entretien de la maison. Et...

– Elle est allergique aux chiens, elle aussi, je suppose ? s'interpose Marilou.

– Non. Mais elle a une peur bleue des chiens. Même de Galoche, alors tu peux t'imaginer...

W-ouf!

– Fabien, de qui tiens-tu tous ces renseignements ? intervient une Marilou aux joues rosies.

– De... mon p'tit doigt ! s'amuse Fabien.

« Quel humain brillant ! » que je me dis de nouveau.

« Quel mari stupide ! » semble plutôt penser la mère d'Émilie, le visage maintenant rouge pompon Canadien de Montréal. Elle revient à la charge.

– Je ne vois toujours pas le rapport.

– Si ton éventuel patron apprend que notre adoré chien de famille est prisonnier dans la cave, je ne crois pas que cela servira bien ta cause. Surtout s'il l'entend éternuer et tousser, le pauvre. Et je ne pense pas que tu veuilles aller jusqu'à bâillonner Galoche?

Moi, Galoche, je voudrais sauter au cou de Fabien. Marilou aussi, je crois: elle, pour l'étrangler, et moi, pour lui donner une belle et longue léchée. Avant que Marilou-pompon n'éclate de colère, son gros-grand-barbu-et-brillant époux lui fait échec et mat.

– Et si tu tournais la situation à ton avantage, en faisant faire toi-même... un tour d'adresse à Galoche?

Les ouaouarons sont de retour: mes yeux et ceux de Marilou sont rivés sur Fabien, qui abat sa dernière carte.

– Imagine, Marilou: tu épaterais notre voisin, Henri-Paul, ministre des Transports...

J'ai soudain un très mauvais pressentiment, foi de Galoche!

IVG!

«La cave plutôt que de jouer *le cave*!» que je me dis, chemin trottinant vers le salon, où j'ai laissé Émilie et Pierre-Luc quelques instants plus tôt. Je suis éberlué: le père d'Émilie devrait pourtant savoir que je déteste jouer les chiens savants et que mon Émilie est contre ce genre de folies que les humains font faire à notre race. Ils doivent nous aimer pour ce qu'on est: des animaux sur quatre pattes, bons, affectueux, les meilleurs amis du monde... MAIS PAS DES ACROBATES NI DES ESCLAVES QUI RÉPONDENT AU DOIGT ET À L'ŒIL!

«Pas toujours brillant, ce Fabien!»

Bon, d'accord, lors d'un certain concours d'habileté de chiens*, je me suis

---

* Voir *Galoche en grande vedette*.

déjà prêté à de telles facéties pour me rapprocher de Marilou, par amour pour Émilie ; mais cette fois, pas question !

Je m'empresse d'ailleurs d'aller alerter Émilie du complot qui se trame dans la salle à dîner. Je tourne le coin menant au salon sur deux pattes. Je tombe sur le dos... ainsi que sur ma Douce et Pierre-Luc, collés bouche à bouche sur le divan. Je reste gueule bée.

Oh ! horreur ! Je suis paniqué. Non, non, voyons, je ne suis pas un chien prude ni jaloux... Décidément, toi et la psychologie canine ! Ma panique s'explique en un clin d'œil : je viens d'apercevoir Marilou qui s'amène au salon. Elle va les surprendre...

Gêné comme jamais, je décide sur-le-champ d'avertir les deux tourtereaux sur le divan.

– Wouf !

Ma gorge reste coincée. Je n'émets
qu'un mini-jappement, qui ne parvien-
drait même pas à réveiller une souris
dans son trou.

– WOUF! que je me reprends illico.

Émilie et Pierre-Luc grimpent au
plafond... Dès qu'ils atterrissent sur
le divan, ils me jettent des regards
terrifiants.

– Qu'est-ce que vous faites là, vous deux? lance Marilou d'une voix explosive, juste derrière moi, comme si sa bouche était devenue un canon.

À mon tour de grimper au plafond! J'en perds des centaines de poils, surtout mes blancs – il faut dire que je suis en période intense de mue.

– Ah! vieille sacoche de malheur! Regarde ce que tu as fait, encore!

– Atchoum! Atchoum!

La sous-ministre semble avoir dansé avec un ours polaire: le devant de sa jolie robe de velours noir est tout blanchi par de longs poils... les miens, misère à poil!

– Maman, on faisait rien de...

– Toi, Émilie..., gronde Marilou en coupant sèchement la parole à sa fille.

«Oh, oh, que je me dis, nous allons tous les trois assister à une autre colère épique!»

À voir se rapetisser ma Douce et son prince charmant sur le divan, je comprends qu'eux et moi sommes sur la même longueur d'onde... et sur la même corde raide. Pourtant, quelle n'est pas ma surprise de voir Marilou faire une pause, arborer soudainement un beau sourire et poursuivre sur un ton de roucoulement, sans le moindre grondement:

– Chers enfants, moi aussi, j'ai été jeune. Je vous comprends plus que vous ne pouvez l'imaginer. Un bécot ou deux ne peuvent faire de tort, à votre âge...

Je suis estomaqué. Sur le divan, les deux griffes de la même patte se regardent du coin de l'œil, l'air de dire: «Je rêve ou quoi?»

– Vous savez, je suis très ouverte au dialogue avec les préados. Qu'il s'agisse de questions scolaires, politiques ou... sexuelles, n'hésitez jamais à vous confier à moi.

Émilie et Pierre-Luc en sont à un poil près de se pincer... et moi, de me mordre.

– Bon, bon... je vous laisse à vos bécots. Pas trop, tout de même! On se revoit dans quelques minutes. Ah! au fait, Pierre-Luc, le ministre du... euh... pardon... ton père doit bien se joindre à nous à 19 h 30?

Et pow! Comme un feu d'artifice, tout s'illumine dans ma tête: pas question pour la mère d'Émilie de se mettre Pierre-Luc à dos. Ce soir, il constitue un atout trop précieux dans son jeu en vue d'amadouer monsieur le ministre.

«Ah, la crasse de sous-ministre!»

– Miiinou? lance une voix depuis la cuisine. Les petits fours semblent cuits! J'ai besoin de ton aide!

– Pardon! s'excuse Marilou, qui ajoute: Oh! Émilie, j'ai un service à te demander. Je reviens tout de suite.

«Quelle stratège brillante!»

Moi, Galoche, je suis bien décidé à ne pas me laisser berner par cette sous-ministre qui mue d'humeur, d'heure en heure, selon la bonne marche de son plan d'action.

– Quel chien brillant tu es! intervient Émilie d'une voix qui me paraît très dure.

Je me tourne aussitôt vers ma Douce. Son regard est terrible. Mais pourquoi donc?

– Jamais, Galoche, je n'aurais pensé que ta jalousie irait jusqu'à me trahir...

Moi, Galoche, je pense que je vais mourir.

– Avertir ma mère parce qu'on s'embrasse!

«Wouf! Wouf! Wouf! C'est pas du tout ça!»

Je jappe, je jette des regards intenses, je saute, je tourne en rond: rien à faire, mon Émilie semble ne plus comprendre mes messages canins. Les humains disent que l'amour est aveugle. Pour une fois, je suis d'accord avec eux, foi de Galoche !

– Depuis quand un auteur comme toi, Galoche, dort-il sous les tables à thé, appuyé contre les murs ?

– Pas de commentaires moqueurs, s'il te plaît ! J'essaie d'entendre ce qui se dit dans la salle à dîner. Je ne dors pas du tout : j'espionne, l'oreille collée au mur. Toi, de la race humaine, tu aurais dû tout de suite comprendre, car c'est bien vous, les humains, qui affirmez que « les murs ont des oreilles », non ?... Oh ! chut ! J'entends des voix...

Émilie :

– ...pas d'accord... tours... stupides...

Marilou:

– …un seul, s'il te…

Fabien:

– …pas… cave… pour ta mère!

Pierre-Luc:

– …mon père… chiens…

Émilie:

– NON!

Marilou:

– …Émil…

Émilie:

– NON!

Fabien:

– …Mimi?…

Émilie:

– NON!

Pierre-Luc:

– Ma Douce, tes parents…

Émilie:

– NON!

Je suis un chien, pas un devin; pourtant, en interprétant ce que mon oreille vient de capter, je gagerais ma fourrure qu'Émilie crée de la bisbille dans la cuisine en s'opposant à ce que je joue le chien savant devant le père de Pierre-Luc. Je reconnais bien là la fidélité de ma Douce: Émilie croit que j'ai jappé pour que Marilou la surprenne en train de bécoter notre jeune voisin, mais elle continue de défendre ma cause. Je suis très ému. Elle était tellement fâchée lorsqu'elle a sommé Pierre-Luc de me laisser seul au salon et d'aller les rejoindre, ses parents et elle, il y a seulement quelques instants.

– Atchoum! Atchoum!

– Pauvre chien-chien! fait une voix inconnue, tout près de moi.

Pris en flagrant d'écoute et au dépourvu, je décolle vivement mon oreille du mur et me lève d'un... BOUM!... bond, en me frappant durement le coco sur le dessous de la table à thé.

– Ouf! grimace l'inconnu, debout près du fauteuil de Marilou, à l'entrée du salon, comme si son propre occiput venait de heurter la table. Excuse-moi de t'avoir fait peur, pauvre chien-chien. La sonnette doit être défectueuse : j'ai sonné à plusieurs reprises, en vain. Puis, en cognant de petits coups à la porte, celle-ci s'est ouverte toute seule. À cause du givre, elle devait être mal fermée. Et me voilà...

Il s'accroupit pour me caresser et ajoute :

– Galoche, tu te rappelles de moi, au moins?... Henri-Paul, le père de Pierre-Luc.

«Bien sûr!» que je lui réponds de mon regard canin. Pourtant, j'avoue – à ma grande honte! – que je n'ai gardé qu'un vague souvenir de son visage.

Je dois l'avoir croisé à quelques reprises seulement. Ce dernier arrive toujours très tard à la maison ou encore il est parti en voyage d'affaires. «Un bourreau de travail! répète souvent Pierre-Luc, ne manquant jamais de préciser à Émilie: Un bourreau de travail pire que ta mère!»

Foi de Galoche, Henri-Paul est cependant beaucoup plus gentil que Marilou!

– Atchoum! Atchoum! Atchoum!

– Quelle vilaine grippe ! Viens ici, mon beau…

Soudain, moi, Galoche, je me retrouve confortablement recroquevillé dans les bras du ministre des Transports.

– Sais-tu où se trouve le reste de la famille, Galoche ?

Quelle finesse peu commune pour un humain : il me considère d'emblée comme un membre à part entière de la famille !

– Si je me fie à mon ouïe, poursuit Henri-Paul en se dirigeant droit vers la salle à manger, ils sont tous réunis au même endroit et discutent avec beaucoup d'ardeur d'un sujet déterminant dans leur vie,

me semble-t-il. Qu'en penses-tu, Galoche?

«Oh que oui!»

Misère à poil, il est tellement génial, cet homme, que, si j'étais un humain, je ferais des pattes et des pattes pour devenir son sous-ministre… et pour faire un pied de museau à Marilou!

– Assez! lance une voix derrière la porte de la salle à dîner.

– Atchoum! que je laisse échapper.

– On leur fait la surprise? me demande le ministre, la main sur la poignée.

«Oh que oui!»

– Bonsoir, tout le monde! lance le père de Pierre-Luc dès que nous avons franchi le seuil de la porte.

Quelle entrée triomphale je fais dans les bras du ministre! Je croirais regarder la télévision: Marilou, Fabien, Émilie et Pierre-Luc, immobiles, la bouche

ouverte, semblent avoir été mis sur
« Pause »... Je ressens quelques doux
frissons de plaisir, je dois dire.

– Est-ce que quelqu'un peut aider ce
pauvre toutou malade ? continue le bon
ministre.

Je sens mes 100 000 poils faire la
vague : pan après pan, ma fourrure
se soulève de ma queue jusqu'à mon
toupet. J'explose littéralement de joie,
foi de Galoche !

– Je ne serais pas surpris que votre
beau Galoche fasse même un peu de
fièvre...

– Atchoum ! Atchoum ! que j'acquiesce.

– Bonsoir, monsieur le ministre,
intervient enfin Marilou, en se préci-
pitant vers Henri-Paul et moi. Bienvenue
chez nous !

Et, me prenant aussitôt dans ses
bras, oubliant sa robe de velours noir, la
mère d'Émilie ajoute :

– Bien sûr qu'on s'occupe de notre beau Galoche! Pauvre toutou! Encore une grosse toux?... On va y remédier, foi de Marilou!

Devant pareille gentillesse de la part de la sous-ministre à mon égard, moi, Galoche, j'en ai la gueule croche d'étonnement; mais ce n'est rien en regard des yeux écarquillés, des bouches ouvertes et rondes, des oreilles écartées et des cheveux quasi électrocutés de Fabien, d'Émilie et de Pierre-Luc: trois chimpanzés!

– Faut le soigner, mes amis!... poursuit Marilou qui, se tournant vers les trois, encore sous le choc, ajoute, en lançant des regards désespérés: Faut vraiment l'aider!

Aucune réaction. Moi, Galoche, j'en viens à penser que seule une banane pourrait les sortir de leur torpeur...

– Avez-vous une trousse de premiers soins ? finit par demander le père de Pierre-Luc, lui-même un peu ébranlé par ces comportements bizarres.

– Euh… oui, oui, fait Marilou. Euh… oui… euh… j'imagine. Dans la toilette.

– Une trousse pour chiens… dans votre toilette ? s'étonne Henri-Paul.

– Mais non, monsieur le ministre ! intervient Fabien, laissant tomber son air de babouin et venant à la rescousse de sa femme. Ma charmante épouse blaguait, évidemment…

Marilou émet quelques petits rires forcés.

– C'est pour rire, bien entendu, renchérit-elle. La trousse est…

– Au sous-sol ! réplique le gros-grand-barbu de mari de Marilou. Je cours la chercher, monsieur le ministre.

– Appelez-moi Henri-Paul, je vous en prie. Nous sommes voisins, après tout !

– D'accord, monsieur... euh... Hen-Hen-Henri-Paul, bégaie Fabien avant de quitter en coup de vent.

Toujours dans les bras de la sous-ministre, j'assiste aux présentations d'usage, le père de Pierre-Luc faisant rougir mon Émilie alors qu'il lui serre la main.

– Chère demoiselle, on ne se connaît pas vraiment. Et pourtant, j'ai l'impression de tout savoir sur vous : mon fils ne me parle que de vous. J'ignore ce que vous lui avez fait...

«Elle l'embrasse!» que je m'amuse à penser.

– ...il n'a que vous en tête.

Embarrassés, les tourtereaux regardent le plancher, tandis que, tout essoufflé, Fabien revient en trombe, brandissant fièrement une seringue dans sa main.

«Ah non! Pas ça...»

– Pas besoin de la trousse! déclare-t-il solennellement, montrant cet instrument de torture qu'il m'a déjà enfoncé dans la gorge pour y déverser un liquide visqueux sentant la vieille chaussette d'humain. Nous avons le remède miracle! De quoi remettre Galoche sur ses quatre pattes. Il déteste le prendre, mais c'est très efficace, je vous assure!

«Ouache!»

Le cœur me lève déjà. Comme si le supplice n'était pas assez grand, Fabien remet la seringue à Marilou et me prend dans ses bras.

– Dans notre maison, monsieur le minis... euh... Henri-Paul, c'est Marilou qui prend soin de notre bon chien.

À voir la sous-ministre manipuler la seringue comme s'il s'agissait d'un hochet de bébé, mon estomac se noue. Une angoisse commence à s'infiltrer dangereusement dans mon système nerveux. Le père d'Émilie, lui, esquisse

un beau sourire, mais les autres n'y parviennent pas vraiment.

– Vous savez, Henri-Paul, renchérit
Fabien, ma femme adore les chiens !

– Ah bon, marmonne un ministre
soudain un peu confus, jetant un coup
d'œil vers son fils. Ce n'est pas ce que
j'avais cru saisir.

Tous comprennent aussitôt que, si
Pierre-Luc ne manque pas de parler
d'Émilie à son père, certaines journées,
il peut aussi glisser un mot ou deux sur
d'autres membres de la famille...

– Oui, oui, Marilou ne cesse de
dorloter Galoche ! insiste Fabien pour
dissiper le malaise certain qui sévit
dans la cuisine. La race canine n'a plus
de secret pour elle.

Le grand-gros-barbu et hôte de la
soirée me dépose doucement sur la
desserte, tout près de Marilou.

– C'est tout en son honneur, dit le ministre. Moi aussi, j'ai une passion pour les chiens.

– C'est vrai? fait Marilou, qui feint assez bien la surprise mais joue très mal son rôle d'infirmière.

Elle tient maintenant la seringue du bout des doigts et loin d'elle, comme si elle allait lui exploser à la figure.

– Chérie, je te laisse t'occuper de notre Galoche..., lance joyeusement le père d'Émilie, qui entraîne le ministre vers une chaise, au bout de la table. Venez donc vous asseoir, cher Henri-Paul! Vous savez que Marilou, en plus d'être une mère de famille extraordinaire, une gestionnaire d'État hors pair, est aussi un cordon-bleu super!

« AÏE! »

Moi, sur la desserte, je sens une main me prendre la queue.

Je tourne la tête. «Aoooouh!» J'aperçois l'épouvantable, l'irremplaçable, l'irrécupérable Marilou s'apprêtant à jouer de la seringue comme d'un thermomètre rectal – pas nécessaire de te faire un dessin, je crois!?

– Non, m'man..., gémit Émilie, la voix retenue, pour ne pas alerter le ministre.

Dans mon cas, pas question de retenue devant cette infamie:

– WOUF!

Je lance un jappement de mort et me retourne bout pour bout – ou queue pour museau, comme tu veux –, les crocs sortis, la gueule en alerte et les yeux rivés sur le poignet de la mère d'Émilie, qui n'avance plus d'un poil.

«W-ouf! Je l'ai échappé belle, foi de Galoche!»

De nouveau, dans la salle à dîner, la scène semble avoir été bloquée sur «Pause».

– Voyons, Galoche, s'inquiète Fabien, qui s'est retourné, que se passe-t-il donc ? Tu ne veux plus prendre ton médicament ?

– C'est pas un beau chien, ça, ajoute le ministre d'une voix douce. Ouvre la gueule...

Mon regard croise celui de Marilou. Elle me fait un petit sourire pour m'indiquer qu'elle a bien compris son erreur et qu'elle a aussi saisi que mon revirement, bout pour bout, lui a évité de passer pour une vraie folle ; si mon acrobatie l'a sauvée du ridicule, elle m'a évité, à moi, une grande humiliation et fort probablement une descente rapide à la cave... Gentiment, j'ouvre donc la gueule et tout doucement, très doucement, on ne peut plus doucement, la sous-ministre y entre la seringue. Puis – tu n'en croiras pas tes yeux –, après m'avoir fait un clin d'œil, elle fait semblant de pousser le piston de la seringue... et moi, vite sur mes coussinets, je devine son manège et je feins d'avaler le liquide. Une vraie communion d'esprit! Qui l'aurait dit? Pas moi, en tout cas. On applaudit dans la salle à dîner.

Pour un revirement, c'en est tout un, misère à... à... atchoum!

J'ai les yeux et les oreilles qui se promènent comme des girouettes.

Le repas va bon train : le ministre adore les petits plats de Marilou, Fabien ne cesse de redorer le blason de Marilou, Marilou vante les mérites de Marilou et les deux griffes se tiennent la patte sous la table...

– Tu sais quoi?
– Oui, Galoche : tu es sous la table, aux pieds de Marilou...

– Oui, mais… autre chose !

– Le ministre te glisse de petites bouchées sous la table ?

– Oui, mais… autre chose !

– Marilou, en plus de vanter Marilou, vante aussi son beau toutou, toi, Galoche ?

– Oui, mais… autre chose !

– Pour la première fois, tu sens vraiment que tu fais partie de la famille ?

– Ah ! tu m'énerves à la fin : tu viens de m'enlever tous mes *punchs*. Et puis, comment tu sais tout ça, hein ? C'est moi, l'auteur, pas toi !

– …

– Réponds !

– Mon p'tit doigt…

– Wouf ! Wouf ! Wouf ! T'es pas drôle !… Continue à lire !

Moi, Galoche, je commence à redouter que la table me tombe sur la tête tellement le ministre parle de ponts, d'autoroutes et même de viaducs effondrés. Depuis un bon moment, comme les humains en ont l'habitude lors d'un repas, ils se racontent des peurs. Camions, trains, avions, tout le monde des transports y passe et tout va comme sur des roulettes pour Marilou! Elle se montre intéressée et très affectée par les problèmes du ministre et de son ministère. Fabien l'appuie tandis que ma Douce et Pierre-Luc s'en fichent éperdument : toujours main dans la main, ils filent à toute allure sur l'autoroute du parfait bonheur.

– Chère madame, lance soudain le père de Pierre-Luc, avez-vous lu *Les changements climatiques et nos habitudes de transport?*

– Quelle coïncidence! laisse échapper la mère d'Émilie, me gratifiant d'un autre coup de pied dans le postérieur – tic nerveux qui commence à me tomber sérieusement sur les nerfs! Monsieur le... euh, Henri-Paul, imaginez-vous donc que je suis en train de lire ce livre.

– Une bible pour l'avenir des transports!

– Oh oui! renchérit Marilou. Je le lis tous les soirs. Il traîne sur ma table de chevet.

– Galoche? intervient soudain Fabien.

Je sors de sous la table. Les yeux tout brillants, le père d'Émilie me lance alors:

– Va chercher, mon beau!

Tandis que Marilou, le ministre, Pierre-Luc et Émilie se demandent encore: «Aller chercher quoi?», moi, Galoche, je devine la pensée de Fabien, qui désire épater le ministre. Et, comme je ne suis plus à poils tirés avec Marilou, je décide d'apporter sur-le-champ ma contribution personnelle à l'opération charme présentement en cours.

Sans japper gare et à un train d'enfer, tel un grand express, je file jusqu'à la chambre des parents. Je fonce droit vers la table de chevet de la mère d'Émilie et freine juste devant, les deux yeux en points d'interrogation. «Mais où est donc passée cette bible?» Les méninges alertes et le regard perçant, je découvre un gros bouquin sous le lit. «Bravo, Galoche! L'ouvrage a dû tomber...» Je m'étire le cou le plus possible – une vraie autruche! –, j'attrape le livre dans ma gueule et, tchou, tchou, tchou! l'ultrarapido retourne dans la salle à dîner, où semble régner un peu de confusion.

– Fabien, je crois que...

– Je vous le dis, monsieur... euh... Henri-Paul, s'enflamme le père d'Émilie, Galoche ferait n'importe quoi pour Marilou!

– Fabien, arrête, je ne crois pas que c'est une bonne...

– Tiens, parlant du loup, le voilà, ce fidèle Galoche. Et avec ton livre, ma chérie!

– Galoche, ici! lance Marilou, soudain aussi blême que la crème de palourdes devant elle – potage préféré du ministre selon Pierre-Luc, l'indicateur de premier choix de la sous-ministre.

Je suis à côté du fauteuil du ministre; devant pareil émoi de Marilou, je veux obéir et m'élancer vers elle, mais Henri-Paul m'arrache le livre de la gueule. Mes poils se dressent d'effroi: je vois le teint crème palourde de la sous-ministre virer au blanc patate.

Et moi, Galoche, j'ai les pattes en compote en entendant Henri-Paul lire à haute voix le titre du livre:

*Le monde des transports
pour les NULS.*

Je ne me suis jamais senti aussi NUL de toute ma vie, foi de Galoche!

La prouesse du grand express poilu a ramené un lourd silence dans la salle à dîner... et des flammes dans le regard de Marilou, dans lequel je parviens à lire:

«Si cette stupide idée d'aller chercher mon livre n'était pas venue de mon stupide mari et si le ministre n'entretenait pas cette stupide passion pour les chiens, TOI, STUPIDE GALOCHE, TU SERAIS DÉJÀ... À LA CAVE!»

L'instant suivant, pourtant, le visage de la sous-ministre affiche un sourire béat.

– Pauvre Galoche, dit-elle en récupérant son livre des mains d'Henri-Paul, tu as rapporté cet ouvrage que je veux donner, demain, à mon secrétaire : un vrai nul qui ne cesse de critiquer les transports en commun pour rien.

Et vlan ! Il n'y a pas que moi pour effectuer des revirements spectaculaires... Se tournant vers le ministre, la mère d'Émilie poursuit :

– Pour *Les changements climatiques et nos habitudes de transport*, je me rappelle l'avoir laissé au bureau : je profite toujours des petits moments libres de la journée pour le lire.

Les fesses serrées, je m'assois aux pieds de Marilou.

– Tut, tut, tut ! me fait la sous-ministre, le doigt en l'air et le sourire en coin, en me tendant le bouquin. Et si tu allais le reporter où tu l'as pris, mon beau? Je ne veux pas l'oublier demain... pour le remettre à mon secrétaire.

Pris pour jouer le bon chien savant jusqu'au bout, je me remets sur quatre pattes et j'obéis au doigt et à l'œil.

Pas reposante, la Marilou, misère à poil!

«Aïe!»
Je suis de retour sous la grande table, entre la sous-ministre et le ministre. Et depuis, je reçois des coups de pied de Marilou. Son stress ne cesse de croître... et mon postérieur également. J'ai beau me tasser un peu à droite, à gauche, devant, derrière, je ne sais trop comment, mais le bout de son soulier pointu trouve mon postérieur à tout coup. Pas question pourtant de quitter cette position «stratégique» qui me permet de recueillir les douceurs du ministre:

une caresse… un petit four au foie gras et confit de canard ; une caresse… un mini-feuilleté au saumon et aux fines herbes ; une caresse… une biscotte aux quatre fromages saupoudrée de persil et de pignons ; et ainsi de suite.

Oh ! voilà la main d'Henri-Paul qui réapparaît. Mais qu'est-ce que c'est que ça ? Quelle drôle de forme ! J'ouvre la gueule et la referme. « Hummm !… Un champignon fourré à la crème de… de… »

– ATCHOUM !

À peine mâchouillé, le petit four ressort de ma gueule d'un coup.

– Ouache ! clame Marilou en renversant sa chaise. AAAH !

Je sors la tête de sous la nappe pour voir les deux pattes en l'air de la sous-ministre. Aidée par le ministre, elle se remet bien vite debout et fixe le gâchis qui dégouline au bas de sa belle robe noire.

– Quelle horreur ! dit-elle en grima-
çant.

Moi, Galoche, je tremble de tous mes
poils...

–Surtout, ne le chicanez pas, madame !
intervient le ministre, tout rouge et
s'empressant d'enrayer le dégât à l'aide
de sa propre serviette de table. Tout est
ma faute ! C'est moi le coupable : je n'ai
pu m'empêcher de lui donner quelques
petites gâteries.

Les yeux de Marilou font un revirement du tonnerre : au lieu de lancer des
éclairs de colère, ils irradient de doux
rayons verts en ma direction. Je n'ai
jamais vu la sous-ministre me faire
d'aussi beaux yeux, foi de Galoche !

– Y a pas de mal, Henri-Paul ! Ce n'est
rien. Et puis, appelez-moi Marilou, je
vous en prie.

Et là, me caressant le dessus de la
tête, la mère d'Émilie ajoute :

– Mon pauvre toutou, tout doux, tout doux ! Ne tremble pas comme ça, voyons : je n'ai pas l'intention de te semoncer.

W-ouf ! Je l'ai échappé belle...

– Une tarte tatin ! s'exclame Henri-Paul. C'est ma préférée !

« Moi aussi ! »

À force de sentir cette bonne odeur de caramel tout chaud venant de la cuisine, j'en ai le museau au bord de l'hystérie.

« Encore cinq minutes à humer ce parfum et je tombe dans les pommes ! » que je songe, maintenant assis dans un coin, à la demande de Marilou – ce qui fait bien mon affaire, repu que je suis des coups de pied de la sous-ministre.

– Je connaissais bien votre péché mignon, Henri-Paul, avoue Marilou, tournant la tête vers Pierre-Luc, qui dégage sa main de celle de mon Émilie. J'ai de bons espions, vous savez... Pas vrai, les jeunes?

Ma Douce et Pierre-Luc hochent la tête et tombent presque dans les pommes devant tant de gentillesse. La sous-ministre poursuit:

– Henri-Paul, vous savez à quoi j'ai assisté dans le salon, juste avant votre arrivée?

– Non, mais je sens que vous allez me l'apprendre, Marilou.

Moi, je sens que les deux griffes de la même patte ne savent plus trop à quoi s'agripper, soudain prises de vertige sur leur chaise. Elles retiennent leur souffle.

– Nos enfants se sont...

Marilou toussote, laissant planer un silence bien planifié avant de reprendre:

– Eh bien, les deux se sont proposés pour venir m'aider à préparer la table. Quelle belle leçon de politesse!

Émilie et Pierre-Luc respirent mieux. Ils esquissent même un sourire. La mère d'Émilie leur a donné toute une frousse. Brillante stratégie de Marilou! Je reconnais bien là le grand talent de la sous-ministre: retourner une situation à son avantage – il faut voir la fierté qui se lit sur le visage du ministre et la gratitude dans le regard des tourtereaux parce qu'elle n'a pas fait allusion à leur embrassade. Très rusée, la Marilou, je dois l'admettre...

– Fabien, mon amour, lance la grande stratège de sous-ministre, en contrôle parfait de sa soirée d'entourloupettes, irais-tu chercher la tatin?

– Tout de suite, mon pitou... euh... ma chérie!

Le gros-grand-barbu de père d'Émilie se rue dans la cuisine, en perdant même sa serviette de table, tandis que les deux bouteilles de vin bues par le trio d'adultes semblent commencer à produire certains effets bizarres...

– Un peu de champagne, Henri?

– Bien entendu, Lou!

Aux aguets pour que cette soirée se termine dans l'allégresse – déjà bien installée! –, je me précipite sous l'arche qui mène à la cuisine, où le maladroit Fabien a laissé tomber sa serviette. «Il ne faudrait surtout pas que Fabien glisse dessus en revenant avec la tatin...»

– La tarte devrait être un régal, s'enthousiasme Marilou. Elle est fraîche faite et directement sortie du four, comme il se doit, comme vous le savez, vous, un expert de la tat...

«Misère à poil!»

Au moment où j'agrippe la serviette de table de Fabien, par terre, j'entends des pas saccadés.

«Vite, il faut que je me tasse, sinon...»

Comme un bulldozer, le gros-grand-barbu fonce droit sur moi.

« Mais il est fou ! »

Pas fou, seulement aveuglé par le plateau d'argent soutenant la fameuse tarte tatin... Je comprends avec horreur que Fabien ne me voit même pas. En catastrophe, je m'élance... Trop tard ! Le pied du père d'Émilie me frappe en plein dans la hanche... Aouhhh !... je vole sur ma gauche.

– AAAAH !

crie Fabien, qui perd l'équilibre.

Moi, Galoche, j'en perds le souffle et la serviette de table.

– P'pa, attention!

– FABIEN, NOOOON!

– AAAAAAAAH!

Malgré des acrobaties dignes du Cirque du Soleil pour tenter de se redresser, le père d'Émilie finit par plonger vers l'avant.

BOUM!

La tatin, elle, a décollé de sa base et plane dans la salle à dîner comme un objet volant non identifié. Horreur! Le superbe dessert atterrit sur le crâne dégarni de monsieur le ministre des Transports, sur lequel dégoulinent de belles pommes et du caramel fondant.

– Aille, aille, aille! lance-t-il en se levant brusquement et en sautillant sur place. C'est chaud, c'est chaud, c'est chaud!

BOUM!

Marilou vient de tomber dans les pommes.

Quel affreux pépin, foi de Galoche !

Dès la sortie catastrophe du ministre et de son fils de notre maison...

– À LA CAVE, GRAND CAVE DE CHIEN !

– A... a... atchoum !

– Maman, il va attraper une pneumonie !

– Qu'il attrape la pneumonie, la rougeole, une souris... je m'en fous ! À LA CAVE !

– Voyons, pitou..., essaie d'intervenir le pauvre Fabien, qui ajoute naïvement et très maladroitement : ...modère tes transports !

– À LA CAVE, TOI AUSSI !

# SAUVE QUI PIQUE !

Un lourd silence plane dans la maison des Meloche. Le fameux « À LA CAVE, TOI AUSSI », lancé par Marilou à l'endroit de Fabien, vient de nous transformer en quatre statues, dont seuls les yeux bougent...

– Fabien a-t-il ronflé dans la cave, comme une locomotive? Et toi, Galoche, as-tu pu dormir?

– Tu crois que Fabien a dormi au sous-sol?

– Bien...

– Là, tu me déçois pas mal : penser que Fabien se laisserait ainsi faire. D'accord, le gros-grand-barbu de père d'Émilie a des allures de nounours, mais il peut rugir comme un lion, foi de Galoche !

Près du vestibule, je surveille Fabien du coin de l'œil. Ce dernier ouvre enfin la bouche et dit d'une voix douce :

– Émilie, voudrais-tu monter à ta chambre ?

Le visage de Fabien est soudainement tout empourpré : j'ai l'impression qu'une grosse marmite d'eau bout en dedans de lui et que la vapeur s'apprête à jaillir de sa barbe.

– Tu amènes Galoche avec toi, s'il te plaît ! ajoute-t-il, gentiment mais fermement.

« W-ouf ! Pas de cave ! »

Je respire mieux.

Pour sa part, Marilou semble cependant renversée, déconfite : elle a un air de...tarte tatin écrabouillée. Pourtant, elle ne réplique pas, comme si le teint pourpre de Fabien avait allumé une petite lumière rouge dans sa tête.

Émilie et moi, nous grimpons aussitôt l'escalier. Au moment où ma Douce referme la porte, la maison se met à trembler : un affrontement de titans se déroule au salon... Moi, Galoche, je me considère chanceux de ne pas assister à cette scène. Et pourtant, moi aussi, je me retrouve soudain en pleine confrontation, dans la chambre de ma Douce.

– Galoche, lance Émilie sur un ton de reproche, vraiment, tu n'as pas été à la hauteur, ce soir !

« Quoi ?! Moi, pas à... »

– Atchoum ! Atchoum !

Émilie m'accuse d'avoir tout gâché en voulant trop bien faire ; renversé et déconfit, autant que Marilou tantôt, c'est à mon tour d'avoir l'air d'une vraie tarte tatin écrabouillée.

Quelques instants plus tard, juste avant de tomber dans les pattes de Morphée, je me console en me disant: «À tout le moins, j'ai évité… LA CAVE.»

Le lendemain, toute la journée, ce fut le silence total, si ce ne sont mes… «Atchoum! Atchoum! Atchoum!» Les Meloche semblaient avoir perdu l'usage de la parole. Ce qui ne manquait pas de charme: les humains parlent beaucoup trop, à mon avis. Et beaucoup trop fort, foi de Galoche! J'en ai toujours les oreilles écorchées à la fin d'une journée.

Mais, le soir venu, un autre affronte-ment de titans a eu lieu au salon! Les parents devaient reparler de la soirée catastrophique avec le ministre des

Transports et de mon rôle principal dans cette mésaventure.

La maison a de nouveau tremblé... et moi aussi, craignant que le projet de Marilou de m'envoyer à la cave ne lui revienne à l'esprit.

Le surlendemain matin...

– Atchoum! Atchoum!

Je suis dans la cuisine, en congé forcé : Émilie n'a pas voulu que je passe le journal avec elle, pour une seconde journée, surtout que ma toux s'est aggravée et mes éternuements se multiplient.

La famille Meloche déjeune. Autour de la table, tout le monde semble s'amuser. Même Marilou! Un vrai miracle, foi de Galoche!

Sous la table – atchoum! –, je me demande : « Mais qu'est-ce qu'ont bien pu se dire Fabien et Marilou pour rendre la sous-ministre de bonne humeur et aussi gentille à mon égard, surtout après la soirée affreuse que Marilou a vécue en compagnie du ministre des Transports, il y a deux jours? »

BANG!

Ma Douce est de retour. Rapidement, elle s'amène à la cuisine. Dès son arrivée, des notes musicales retentissent : LE CELLULAIRE DE MARILOU, COMME TOUJOURS! C'est le silence total.

– Oui, allô? répond aussitôt la sous-ministre. Ah! génial! Oui, je sais : la ministre est une de vos patientes, enfin, je veux dire une cliente! Mon secrétaire m'a déjà dit que vous connaissiez bien ma ministre. C'est d'ailleurs pourquoi il vous a appelée hier.

« Encore une urgence! » Parfois, je me demande si Marilou ne travaille pas plutôt dans un hôpital qu'au ministère de la Culture! À voir courir les humains, je me dis souvent que c'est eux qui devraient avoir quatre pattes; quant à Marilou, ça lui en prendrait deux douzaines, misère à poil!

Pourtant, moi, Galoche, je deviens un peu inquiet en écoutant la suite.

– Ce matin? Avant l'arrivée de vos autres patients? Tout de suite? Oui, oui, ce serait génial! J'y suis dans quelques minutes. C'est trrrrrès gentil à vous de me passer si tôt. J'arrive!...

Mon flair – légendaire, comme tu sais – me fait soudain soupçonner un petit problème de santé, gardé secret par la mère d'Émilie. Sentiment renforcé par le bref échange qui se déroule après l'entretien téléphonique.

– J'ai mon rendez-vous! annonce fièrement Marilou à son gros-gentil-barbu de mari.

– Déjà!... Très bien, dit Fabien, en lui lançant un petit sourire complice. Ce matin, je vais aller reconduire les jeunes.

J'ai beau ne pas avoir beaucoup d'atomes crochus avec la mère d'Émilie, je ne lui souhaiterais jamais de malheur. Ça, non. Surtout pas des problèmes de santé...

Quelle n'est pas ma stupéfaction d'entendre:

– Viens, mon beau Galoche! On y va!

«Mais je ne veux pas aller à l'hôpital, moi!»

J'ai juste le temps de m'imaginer en train d'attraper un de ces misérables virus humains qui circulent dans ces établissements dits étrangement «de santé» que je suis attrapé par le plus gros virus canin qui existe: Marilou.

– Mais qu'est-ce que tu fais, maman? C'est...

– Ne t'inquiète pas, Mimi, intervient Fabien. Je vais tout t'expliquer…

Sans que je puisse entendre davantage la conversation entre ma Douce et son père, me voilà dans les bras de la sous-ministre, qui sort en trombe de la cuisine.

Nous fonçons droit vers la patère, puis droit vers le vestibule et, enfin, droit vers la voiture. J'en ai les oreilles qui sifflent… Marilou ouvre la portière arrière, me lance comme une vieille sacoche sur la banquette. Puis, en moins de temps qu'il n'en faut pour dire w-ouf! elle fait démarrer l'auto, vire à droite sur les chapeaux de roues.

HIIII!!!

Moi, Galoche, j'ai la broue dans le toupet et…

HIIIIIIII!!!!

… le toupet qui s'enfonce dans la portière de gauche.

« Pourquoi Marilou m'amène-t-elle avec elle à l'hôpital, misère à... »

– Atchoum !

Le mystère perdure...

À chaque arrêt, je me retrouve la truffe dans le dos du siège de la conductrice Marilou, qui joue de la pédale à freins comme s'il s'agissait d'une pédale à piano : elle l'enfonce durement au plancher. De plus, celle-ci semble prendre un malin plaisir à défier tous les nids-de-poule : je bondis sans arrêt, devant, vers le haut, sur les côtés. « *Swingue le Galoche dans le fond de la boîte à bois !* » lancerait Fabien si nous étions au jour de l'An...

Mais, pour le moment, j'essaie juste de sauver ma peau, foi de Galoche !

– Mon beau Galoche, on est arrivés !

Un dernier vol plané et – BOUM ! – je fonce de nouveau dans le siège de Marilou. L'instant d'après, encore un peu assommé, je me retrouve au creux des bras de celle-ci.

– Ne t'en fais pas, Galoche, ça va bien aller...

Bien aller ?

– Ça ne fait même pas mal...

Là, je me dis très sérieusement : «Marilou est vraiment malade!»

Et, tandis qu'une grande dame, habillée tout de blanc, vient déverrouiller la porte d'une drôle de maison blanche, trop petite pour être un hôpital, foi de Galoche, une forte odeur me fait sursauter le museau.

– Bonjour, madame la sous-ministre! Je vous attendais.

– Merci mille fois de me recevoir avant les heures de bureau.

– Pour une amie de ma grande amie la ministre de la Culture, je suis toujours prête...

«Prête à quoi?» que je commence à m'énerver, coincé dans les bras de Marilou.

– Atchoum! Atchoum!

– Voilà donc notre malade?

– Oui, oui.

– Donnez-le-moi, je m'en occupe.

Maintenant blotti dans les bras de la dame, j'ai la fourrure rebelle et le cœur qui résonne comme une poubelle. «Où suis-je?» Nous longeons un corridor sombre. Je ne parviens pas à voir clair dans toute cette étrange affaire. Pourtant, je sens la vérité poindre au bout de mon museau: ce drôle de parfum me rappelle de mauvais souvenirs... Mais lesquels?

Nous entrons dans une salle blanche si éblouissante que je ferme les yeux. Je me laisse déposer sur une table haute.

– Comme mon adjoint n'est pas encore arrivé, voudriez-vous tenir votre chien, juste un instant? demande la dame à Marilou.

– Bien sûr!

Je fixe cette femme toute vêtue de blanc, qui ne me laisse présager rien de bon, malgré sa gentillesse. Et là, dans la lumière des rayons de soleil qui percent le rideau, brusquement, je vois briller une longue et fine aiguille. Mon cœur fait un tour… d'horreur! J'ai reconnu cette odeur… «Je suis chez un vétérinaire!»

– Pas de panique, Galoche! me lance Marilou, qui me sent trembler sous ses doigts. Tu ne sentiras rien et après... délivrance!

AOUUUUH!

Tout d'un coup, je comprends tout. ON VEUT MA MORT! Combien de fois ai-je entendu cette épouvantable phrase dans la bouche d'humains: «J'ai fait piquer mon chien»? Imbécile que je suis! Il est temps que je me réveille!

Dans ma tête, c'est la pagaille: les idées passent comme des fusées. Voilà pourquoi Marilou était si heureuse, au déjeuner!... Ma disparition de sa vie: quelle belle vengeance! De quoi lui faire oublier son poste perdu de sous-ministre des Transports!... Mais comment Fabien a-t-il pu laisser faire pareille atrocité?... «*Ne t'inquiète pas, Mimi. Je vais tout t'expliquer!*» a-t-il dit, tantôt... A-t-il oublié toute la peine que cela fera à Émilie?... Non, non, il n'a pas pu me faire ça, à moi, à qui il donne des morceaux de crêpe tous les dimanches?...

– Tenez-le bien serré!

– Pas de problème!

«Sauve qui pique!»

L'heure n'est plus aux interrogations, mais... À L'ACTION, FOI DE GALOCHE! Pas question de ne pas revoir mon Émilie, misère à poil! IVG! Je sors de mes gonds et sors mes crocs tout de go.

– Aïe! hurle Marilou, alors que je lui mords un peu la main, juste ce qu'il faut pour qu'elle lâche prise.

Moi, Galoche, je saute de la table avant que le bout de l'aiguille ne m'atteigne.

W-ouf! Je viens de sauver ma peau... mais pour combien de temps?

– Wouf-wouf! Wouf-wouf!

– Miaowww! Miaowww!

– Cut-cut-cut! Cut-cut-cut!

– Arthur, ça cogne dur! Arthur, ça cogne dur!

– Pit-pit-pit! Pit-pit-pit!

– Atchoum! Atchoum! Atchoum! Atchoum!

– Arrête, Galoche! hurle Marilou, derrière moi, au milieu des cages que je viens de faire dégringoler après avoir foncé dedans pour éviter que la sous-ministre me rattrape. Arrrrrête, vieille sacoche!

Des chiens, des chats, même une poule, un perroquet et des serins sont sortis de leur prison, dans un formidable brouhaha. «Génial!» Tous ces animaux libérés vont retarder la course de mes deux poursuivantes. Encouragé, je bondis vers une autre salle. Depuis un bon moment déjà, l'énergie du désespoir me fait littéralement voler dans la clinique, foi de Galoche ! Impossible pour Marilou et la vétérinaire de me mettre la patte dessus. Toutefois, j'ai un énorme problème : COMMENT SORTIR DE LA CLINIQUE, misère à poil ?

« Catastrophe ! » Je viens de déboucher dans un petit vestibule dont la porte donne sur la cour arrière de cette maison des horreurs. « Il faut que je ressorte d'ici, sinon... je suis fait comme un rat ! » Et là... la trappe se referme sur moi !

– Ah ! te voilà, petit rigolo ! lance la vétérinaire, sur un ton gentil, mais avec un filet dans les mains, sous l'arche de la porte, anéantissant toute possibilité de retraite de ma part.

– Galoche, arrête tes facéties, veux-tu ? renchérit Marilou, les cheveux en broussaille et le souffle court. C'est juste une petite piqûre, après tout... C'est pas la fin du monde !

« Non, mais... c'est la fin de ma vie ! que je hurle à l'intérieur. Faut pas me prendre pour un NUL! Je sais fort bien ce que vous faites!»

Coincé comme jamais je ne l'ai été de toute ma vie de chien, mais prêt à me battre jusqu'à mon dernier poil pour revoir Émilie, j'essaie de faire remonter en moi mes origines canines pour hurler comme un loup... «Aoooouu!» Et plus encore! Je m'efforce même de faire jaillir du plus *profondément profond* de mon être des comportements FÉLINS, genre chat de gouttière... «RRRRR!»... voire panthère – pas la rose, qu'Émilie adore, mais une vraie, la noire: «RRRRRR! RRRRRR!»

– Tout doux, bon chien ! Tout doux ! On ne te veut aucun mal, fait la vétérinaire en s'avançant vers moi. Si tu te calmes, je te promets de ne pas utiliser la force. Tu veux bien faire le bon toutou ?

« Un fou dans une poche, oui ! » que je me dis, utilisant une expression de Fabien et songeant subitement que même lui, que je croyais mon ami, m'a trahi. Je lance de beaux yeux doux en direction de la grande dame avec le désir de la voir baisser un peu la garde, car je m'apprête à foncer dessus, tel un rhinocéros. Elle doit être surprise. Il me faut la terrasser, puis filer entre les pattes de Marilou.

BANG !

Derrière moi, la porte de la liberté s'ouvre brusquement.

– Julien?! s'exclame la vétérinaire. Le chien!

Trop tard! Le fou dans une poche a pris la poudre d'escampette en se faufilant entre les deux jambes du collègue de travail de la vétérinaire.

– Galoche! Galoche! lance derrière moi une Marilou décontenancée.

La voix s'estompe alors que je fonce tête première… vers je ne sais trop où, foi de Galoche!

– Atchoum! Atchoum!…

Une auto, un poteau, un vélo, un nono, j'évite tous les obstacles malgré ma course effrénée en plein centre-ville! Le museau en alerte, je tente de retracer mon chemin pour me rendre jusqu'à la maison. Je suis les odeurs comme les humains suivent les flèches. Je ne suis pas certain, mais j'ai l'impression d'aller dans la bonne direction, en y allant ainsi, « au pif » ! Ce doit être ce que les humains appellent notre instinct de chien, plus légendaire encore que mon flair…

« Émilie ? Émilie ?… Aide-moi ! »

– Atchoum !

Je n'en crois pas mes yeux. Après avoir déambulé des heures et des heures, je viens de reconnaître le petit restaurant où ma Douce va souvent chercher les frites qu'elle dit être les meilleures au monde : *Chez Ti-Gilles !* « W-ouf ! J'y suis arrivé ! » que je pense, la langue à terre.

Quelques minutes plus tard, j'approche de la maison : quelle n'est pas ma surprise de voir le rideau de la fenêtre du salon grand ouvert, laissant toute la place à Fabien, Marilou, Émilie et Pierre-Luc ! Ils fixent la rue.

«Oh!» J'aperçois Émilie qui pointe son doigt dans ma direction : elle m'a repéré. «Que faire?» Sagement, je me dis que si Fabien et ma Douce me laissent retourner me faire piquer chez le vétérinaire avec Marilou, moi, j'abandonne…

– Galoche! Mon beau Galoche! lance Émilie en courant vers moi. Mais où étais-tu? Pourquoi t'as fait ça? Tu aurais pu te faire écraser! J'étais morte de peur…

Quel réconfort que les toutes premières paroles de ma Douce! Maintenant, j'ai la certitude que mon Émilie n'était pas informée du projet meurtrier de sa mère et de son père.

«Je le savais, je le savais, je le savais!» que je me répète, tout heureux.

– Émilie, voyons, il fait pas chaud! crie la sous-ministre, tenant quelque chose dans ses mains et s'amenant derrière sa fille, suivie de Fabien et de notre jeune voisin. Tu n'as ni bottes ni manteau. Tu vas attraper une pneumonie, toi aussi. Tiens, mets ce châle, toujours!

PLOUCH!

Je m'écrase sur le trottoir: tellement épuisé, je ne suis pas parvenu à m'élever de plus de quelques centimètres en voulant sauter dans les bras de ma Douce. Émilie s'empresse de me prendre... et moi, de jeter un coup d'œil méfiant vers Fabien.

– Salut, mon beau! fait-il, en venant caresser doucement le dessus de ma tête toute mouillée, comme il l'a fait gentiment tant de fois et comme si de rien n'était. Tu es devenu fou ou quoi? Te sauver de la clinique du vétérinaire!

Je tente d'avoir l'air du chien qui ne veut pas qu'on le prenne pour un nigaud...

– Salut, Galoche! intervient à son tour Pierre-Luc, en ajoutant sur un ton moqueur: Je te savais pas si peureux.

– Pas peureux! renchérit la mère d'Émilie. Dis plutôt un vrai froussard! Vous auriez dû le voir grimper sur les cages, sur les classeurs... Un ouragan, je vous jure! Galoche, te rends-tu compte que tu m'as fait passer pour une vraie folle?

J'arbore mon air de chien embêté...

– Ouais! C'est pas très gentil, ça, réplique le gros-grand-barbu de père d'Émilie. Marilou a usé de ses contacts pour te trouver le meilleur vétérinaire en ville, dans un temps record, et elle a aussi pris de son précieux temps de travail pour t'accompagner.

Je reste un peu gueule bée, en tentant de débroussailler toutes ces informations subites et déconcertantes, dont la plus inattendue m'est fournie par mon ami Pierre-Luc, alors que nous rentrons à l'intérieur avant que tous se mettent à éternuer et à tousser.

– Et puis, c'est pas gentil non plus pour Émilie, me souffle à l'oreille notre voisin amoureux. Elle a accepté de verser toutes ses payes de camelot pour te faire donner une série de traitements très chers pour guérir ta pneumonie...

Un vrai coup de poing! Je suis rentré à la maison tel un boxeur – ou boxer, comme tu préfères! –, le cœur au beurre noir, foi de Galoche!

À peine une heure plus tard, moi, Galoche, je suis de retour... SUR LA GRANDE TABLE DU VÉTÉRINAIRE! Marilou et Émilie sont à mes côtés. CRSSSH! J'ai les crocs qui grincent: la longue aiguille s'enfonce dans ma peau. Ça fait mal, malgré ce qu'en pensent les humains... La différence entre nos deux races, c'est que la vôtre fait des grimaces de singe à la moindre petite douleur alors que nous, les chiens, nous savons contrôler la souffrance…

– Bravo, mon beau! lance Émilie, radieuse. Tu as fait ça comme un grand. Je suis fière de toi…

Le sentiment de fierté de ma Douce se propage dans la clinique à la vitesse d'un éclair.

– Wouf-wouf! Wouf-wouf!

– Miaowww! Miaowww!

– Cut-cut-cut! Cut-cut-cut!

– Arthur, ça cogne dur! Arthur, ça cogne dur!

– Pit-pit-pit! Pit-pit-pit!

Je ris dans ma barbichette, interprétant ces cris de joie comme des remerciements pour le moment de belle liberté folle que j'ai procuré à ces pauvres patients de la clinique ce matin.

– Bon!… SILENCE! lance la grande dame blanche, souriante, en train de remiser sa seringue. C'est assez! Et vous deux, mesdames, partez vite avec votre chien, avant qu'il n'y ait une autre révolution dans la clinique. Si vous voulez mon avis, j'ai bien l'impression que votre Galoche a cru, ce matin, que vous vouliez le faire piquer…

– Hein ? fait Marilou, qui semble sous le choc.

– Vous savez, explique la dame au sarrau blanc, l'instinct canin, c'est surprenant. Bon, bon, allez, allez !

– Oui, oui, on part ! renchérit aussitôt la mère d'Émilie. Pas question de rejouer à cache-cache !

Et là, je suis stupéfait d'entendre la vétérinaire, en vraie spécialiste, s'adresser à moi dans ces termes :

– Et toi, mon beau, ne ris pas trop dans ta barbichette, car il y a une série de trois piqûres pour ce tout nouveau traitement infaillible. Alors… tu as tout intérêt à être très gentil avec moi !

Même s'il est dit avec beaucoup d'humour, je comprends le message, foi de Galoche! Je lève les yeux, un peu piteux, vers mon Émilie.

– Oui, acquiesce ma Douce, encore deux piqûres, mais c'est pour ta santé!

Moi, Galoche, je ne peux résister et prends mon air de chien battu... Émilie éclate de rire.

«Ça m'apprendra à tenter de jouer à l'humain, misère à poil!»

Durant le trajet du retour, et sûrement parce qu'Émilie est avec nous, la sous-ministre semble conduire d'une façon normale. En fait, je plonge toujours vers l'avant lors d'un arrêt, mais seulement une fois sur cinq. Quant aux nids-de-poule, elle les voit encore moins, occupée qu'elle est à discuter avec sa fille. Discussion, d'ailleurs, qui m'intéresse au plus haut point...

– Écoute, Émilie, l'entente entre ton père et moi était que tu paies le traitement avec tes sous et que j'amène moi-même Galoche chez le vétérinaire pour montrer ma bonne volonté. Mais je vais te rembourser une…

– Non, non, maman, c'est entendu comme ça. Tout est OK !…

Moi, Galoche, j'ai plein de remords : à cause de moi, voilà que ma Douce va devoir passer le journal le matin encore plus longtemps que prévu pour pouvoir se payer son premier équipement neuf de hockey. Je m'encourage toutefois en me disant qu'avec ces piqûres, je vais vite retrouver la forme et ma place auprès de mon camelot favori. Et je me dis :

« L'ogre ventripotent à la bedaine poilue, la grosse pomme verte aux boudins rose bonbon et le vieux grincheux de *patenteux* de fantôme n'ont qu'à bien se tenir, foi de Galoche ! »

C'est alors que je m'envole vers le siège avant: Marilou vient de freiner dans l'entrée.

– On y est! lance-t-elle, de très bonne humeur, alors que je m'affale sur le plancher.

– Je prends Galoche, suggère Émilie en ouvrant sa portière.

– Non, non, ma belle, il est de mon côté: je m'en occupe.

Et là...

## Et là...

# Et là...

Je perds presque connaissance, dans les bras de la sous-ministre qui me chuchote à l'oreille – L'OREILLE DROITE, JE M'EN SOUVIENDRAI TOUJOURS:

– Écoute, mon beau, je suis encore ébranlée. Je sais que j'aime pas les chiens en... en général. Que je vous trouve un peu dérangeants en... en général. Et, pour être très honnête, je vous considère même un peu stupides en… en général. Mais, Galoche, ça m'a donné un coup au cœur que tu aies pu penser un seul moment que je voulais te… te… te *faire piquer*, bon! C'est pas l'amour fou entre nous, ça le sera peut-être jamais, mais, bon… bon, oui, malgré tout ce que tu peux croire… ou ne pas croire… bon… euh… finalement… au fond… disons-le tout simplement… oui, je… JE T'AIME BIEN! Voilà, c'est dit.

J'ai aussitôt gravé ces trois mots dans ma mémoire, car je savais que Marilou ne les redirait pas une deuxième fois.

W-ouf! Quelle journée, misère à…à… atchoum!

Ma pneumonie n'était pas encore tout à fait terminée. Ni la journée…

# DES NOUVELLES QUI TOMBENT À PIC !

Fabien a illuminé le salon avec plein de chandelles. Lui, Émilie, Marilou et Pierre-Luc sont tous autour de la table ovale. Assis entre Émilie et son père, j'ai la truffe en pâmoison. Il y a de quoi : trônent sur un beau plateau argent des petits fours au pâté de foie gras, des saucisses enroulées de bacon, des mini-bouchées asiatiques et des carrés de pain rôti avec fromage fondu. Tout a été préparé par le gros-grand-gentil-barbu de père d'Émilie, qui semble tellement heureux de voir naître un début d'esprit de famille...

Et moi, Galoche, je profite du moment, car le père d'Émilie ne se gêne pas pour me faire goûter ses délices de grand cuisinier, en très petites rations, il va sans dire... sans même que Marilou ne me fasse les gros yeux. Quel bonheur! De quoi finir en beauté cette journée si mouvementée.

– Oh! Émilie, savais-tu la bonne nouvelle? lance notre jeune voisin, soudain tout enthousiaste, comme si une idée égarée venait de réintégrer brusquement sa mémoire. Ton père et le...

– Pierre-Luc! fait Fabien, lui coupant la parole. Si tu permets, je vais annoncer la chose moi-même.

L'œil pétillant, le père d'Émilie fixe alors sa charmante épouse.

– Imagine-toi, mon pitou, que moi aussi, j'ai tenu promesse.

– Tu as reparlé à...

– Oui, j'ai parlé au père de Pierre-Luc.

– Il ne devait pas être très content de la…

– Non, intervient spontanément notre jeune voisin, la tarte tatin sur le coco, ça, il n'a pas trouvé ça drôle. Mais, par contre…

– Tut, tut! lance Fabien, sur un ton de réprimande, faisant taire Pierre-Luc. Non, en effet, l'histoire de la tatin, il l'a plutôt mal digérée. Mais je me suis excusé. Après tout, c'était ma faute, non?

Ah, qu'ils sont gentils, autour de la table! Personne ne lance de regard dans ma direction alors que tous savent très bien que c'est moi qui suis la cause première de la fatidique chute de Fabien avec la tarte. Appréciant leur délicatesse, très intrigué par les propos du grand barbu, j'écoute la suite avec attention.

– Le père de Pierre-Luc a accepté mes excuses, poursuit Fabien. Chère Marilou, il ne t'en veut pas du tout. Il t'a trouvée fort sympathique.

– Et même drôle! laisse échapper Pierre-Luc.

– Pierre-Luc! s'impatiente le père d'Émilie.

Les yeux de notre jeune voisin s'empressent de fixer le plancher.

– Drôle voulant dire... niaiseuse? s'inquiète Marilou.

– Voyons, voyons, pitou! réplique Fabien tout de go. Écoute-moi plutôt très attentivement: tu ne le regretteras pas.

Fabien nous apprend alors qu'il a eu une bonne idée pour rétablir les ponts entre le ministre des Transports et son éventuelle sous-ministre, Marilou, comme l'entente intervenue entre lui et sa femme le prévoyait: elle devait s'occuper de Galoche et de sa pneumonie et lui, de renouer les liens avec Henri-Paul.

Tandis que tous les yeux sont tournés vers Fabien, j'en profite pour attraper en douce un petit carré de pain grillé au fromage fond...

CRRSSSHHH! CRRSSSHHH!

Dans le salon, on n'entend plus que le bruit du pain qui craque sous mes crocs. Tous les yeux se tournent vers moi. «Quel idiot!»

– Quel gourmand! lance Émilie.

– Et dire qu'il n'a rien fait de la journée, ajoute le petit comique de Pierre-Luc.

Tous se lancent des regards complices et éclatent de rire.

– La prochaine fois, Galoche, suggère Marilou, prends une saucisse, c'est plus silencieux.

Le plaisir est toujours au rendez-vous et le père d'Émilie, très emballé, fait part de son plan de génie.

– Quoi? s'étonne la sous-ministre. Tu veux emmener le ministre dans un chalet en bois rond? Dans le fond d'une forêt?

– Mais oui! Henri-Paul adore la chasse, la pêche, la nature…

– La bière, aussi…

– PIERRE-LUC! s'interpose Émilie, cette fois.

– OK, OK! Je dis plus un mot.

– C'est fantastique, non? reprend Fabien. Henri-Paul a accepté mon invitation, pas plus tard que cet après-midi.

Moi, Galoche, je lorgne la mignonne rosette de foie gras… Mais je reporte vite mon attention sur l'importante discussion autour de moi, et plus encore sur Marilou, dont les yeux brillent maintenant sous le feu des chandelles, mais surtout devant les belles possibilités de cette bonne nouvelle. Les arguments de Fabien font renaître chez elle de grands espoirs, jusqu'au moment où ce dernier donne plus de détails sur son projet.

– Quoi ?! Tu veux qu'on aille *tous* au chalet ?

– Mais oui ! Y a de la place pour plein de monde ! C'est le chalet que j'ai l'habitude de louer avec mes compagnons de travail. Henri-Paul songe même à y inviter sa nouvelle amoureuse. Hein, Pierre-Luc ?

Pierre-Luc serre les lèvres, jouant l'offusqué. Moi, Galoche, je reviens au foie gras. Je desserre les babines et agrippe un petit four ; ni vu... ni entendu, surtout ! Fabien, lui, revient à son pitou.

– Marilou, c'est une chance inouïe ! Quatre jours pour créer des liens avec ton... ton nouveau ministre. Tu vas l'avoir, ton poste, j'en suis persuadé.

– Moi aussi ! ne peut s'empêcher d'ajouter Pierre-Luc. Alors, c'est d'accord ? On y va tous ?

Pendant que je goûte ce foie gras exceptionnel qui glisse jusqu'au fin fond de ma gorge, je m'enthousiasme à mon tour : « Et Fabien nous fait des petites bouchées chaque soir, dans le chalet, auprès du feu ! »

Puis, je sors de ma rêverie. Je fixe Marilou, assise face à moi. Je comprends que Fabien a gagné la partie : les yeux hagards de la sous-ministre l'ont déjà transportée loin d'ici, en fait jusque dans son nouveau bureau, au ministère des Transports.

– Mais pas question que je chasse ou que je pêche ! lance brusquement la mère d'Émilie.

– Pas du tout, mon pitou ! acquiesce Fabien sur-le-champ.

– Vous ferez la popote, suggère Pierre-Luc, ce qui jette un froid dans la discussion, car tout le monde a encore à l'esprit le souper catastrophique avec le ministre...

Soudain, la voix d'Émilie brise le silence.

– Et mon journal, lui?... Qui va le passer? lance-t-elle à brûle-pourpoint. Sûrement pas Sébastien! Encore moins Éloïse!

Tout le monde reste hébété. Sauf Fabien, qui semble même heureux d'entendre cette question.

– Pas de problème, Mimi! déclare-t-il sur ton solennel.

Mystérieux, il se lève, va ouvrir la penderie du vestibule et revient, un instant plus tard, tenant dans ses mains une énorme poche.

– Mimi, fini de passer le journal : ta mère et moi, l'autre soir, lors de notre disp… enfin… récemment, nous avons décidé de t'acheter un équipement de hockey neuf.

– Wow ! s'écrie ma Douce, tout excitée, sortant déjà de l'immense sac des jambières reluisantes et de superbes gants aux couleurs des Canadiens.

Génial, foi de Galoche ! Je vais pouvoir dormir plus longtemps chaque matin !

Étourdi par tant d'émotions en vingt-quatre heures, moi, Galoche, pouvant à peine tenir sur mes pattes, j'attends que ma Douce daigne monter à sa chambre. Un peu impatient, je m'approche en catimini du vestibule où elle et Pierre-Luc discutent depuis une éternité, me semble-t-il. Et là, j'entends la toute dernière nouvelle de la journée:

– Émilie, je vais t'aider: à deux, au printemps, en vélo, ça ira encore plus vite!

– Tu es très gentil, Pierre-Luc.

– Compte sur moi: tu vas l'avoir, ton but de soccer...

– Et puis, s'emballe ma Douce, quand Galoche sera guéri, s'il me donne toujours un coup de pouce, imagine le magot qu'on va faire, à trois! Peut-être même qu'on pourrait s'acheter, en plus, un vrai ballon, comme les pros...

BOUM!

Je tombe au plancher, K.-O.

Ah! les humains, ils sont épuisants, foi de Galoche!

# YVON BROCHU

Moi, Yvon, j'ai une peur bleue de l'hôpital et, comme Galoche, je vais me faire soigner à «rebrousse-poils». J'ai aussi déjà gaffé comme lui lors d'un grand repas, dans un endroit prestigieux. Je n'ai pu m'empêcher de pouffer de rire devant tous les invités alors qu'une cantatrice poussait des notes d'un grand air d'opéra... Non, dans mon cas, on ne m'a pas envoyé À LA CAVE... mais mon patron, surnommé *Monsieur Livre* à cette époque lointaine, m'a sûrement étiqueté comme «un cave» ce soir-là...

Pourtant, aujourd'hui, je me détends souvent en écoutant de la musique classique, notamment de grandes cantatrices... avec des histoires de Galoche en tête!

# DAVID LEMELIN

Tu aimerais devenir vétérinaire? Alors tu auras de tendres pensées pour Galoche en lisant ce roman. Si, comme moi, tu souffres plus de voir ton animal se faire soigner que de te faire soigner toi-même... eh bien, il se peut que tu fermes les yeux de temps à autre en suivant Galoche dans cette aventure.

Mais un petit conseil: rouvre vite les yeux... le reste du roman en vaut tellement la peine. Bonne lecture!

Auteur : Yvon Brochu
Illustrateur : David Lemelin

# Romans

1. Galoche chez les Meloche
2. Galoche en a plein les pattes
3. Galoche, une vraie année de chien
4. Galoche en état de choc
5. Galoche, le vent dans les oreilles
6. Galoche en grande vedette
7. Galoche, un chat dans la gorge
8. Galoche, sauve qui pique !

# BD

1. Galoche supercaboche
2. Galoche supercaboche et le club
   des 100 000 poils
3. Galoche supercaboche et les Jeux olympiques

**www.galoche.ca**

## Série Brad

Auteure : Johanne Mercier
Illustrateur : Christian Daigle

1. Le génie de la potiche
2. Le génie fait des vagues
3. Le génie perd la boule
4. Le génie fait la bamboula
   (printemps 2009)

**www.legeniebrad.ca**